AF359292

ÉPITRE

A UN

GRAND MINISTRE.

ÉPITRE

A UN

GRAND MINISTRE.

Vir bonus & ſapiens, dignis aït eſſe paratus?
Nec tamen ignorat quid diſtent æra lupinis?
HOR. Ep. VII. Lib. 2.

A PARIS,

DE L'IMPRIMERIE DE MONSIEUR.

1 7 8 6.

ÉPITRE

A UN

GRAND MINISTRE.

LOIN des brillans climats qu'honore ta fagesse,
Et dont ton art puissant féconde la richesse;
Dans ces lieux où Colomb, dirigé par l'aimant,
A travers les deserts de l'humide élément,
Trouva, malgré les cris d'une ignorante envie,
L'hémisphère nouveau, créé, pour son génie [1];
Dans cette île, où l'aveugle & lâche ambition
Prit le masque trompeur de la religion,
Lorsque d'un Dieu de paix les prêtres sanguinaires
Massacroient en son nom des nations entières,
Où l'ardent Flibustier [2], dévastateur des mers,
Souvent de son sang même a teint leurs flots amers,
Et citoyen sans lois, & brigand héroïque,

De ses premiers malheurs consolant l'Amérique,
A plongé dans le deuil ses féroces tyrans,
Et puni leurs forfaits par des forfaits plus grands ;
Enfin, sous l'équateur, sur ces mobiles plages,
Où l'homme vit sans cesse au milieu des orages,
Où le ciel embrasé, le choc des élémens,
Donnent plus d'énergie à tous nos sentimens,
Ma voix, en célébrant le destin de la France,
Sut de ton ministère annoncer l'influence,
Dès le premier instant qu'il commença son cours.
Là l'Europe n'est point flattée en nos discours.
L'océan, qui loin d'elle écarte nos rivages,
Semble mettre entre nous l'intervalle des âges.
Le mérite éminent de son triomphe sûr,
Reçoit dès-lors un culte aussi libre que pur,
Tandis qu'on voit ailleurs, au gré de l'opulence,
Le servile intérêt incliner sa balance,
Et montrer sans pudeur à l'univers trompé,
Le vice jouissant d'un éclat usurpé.
Mais cet abus pour toi ne fut jamais à craindre.
Sous tes propres couleurs il est doux de te peindre ;

Et l'éclat des vertus qu'en tes traits nous voyons ;
De la vérité feule exige les crayons.

Le fiècle du bonheur vient donc enfin d'éclore.
La liberté préfide à fa récente aurore.
Elle a feule allumé les rayons dont il luit.
Le pauvre ne craint plus cette funèbre nuit,
Dont les voiles épais s'étendoient fur la France ;
Et tes mains dans nos champs ramenant l'abondance,
Achèvent le plus beau des projets de Sully.
C'eft lui qui, de ta gloire heureux, enorgueilli,
Des vertus à ton cœur traça la route aifée.
Auffi, dans les bofquets du riant Elyfée,
Où le deftin plaça, par d'équitables lois,
L'ombre d'un grand Miniftre à côté des bons Rois,
Il eft près d'Henri quatre, au fein de l'alégreffe.
Ils vantent tous les deux tes talens, ta fageffe ;
Ils vantent ce moment où le peuple François,
Peut compter fes plaifirs par tes nombreux fuccès.

Hélas ! combien ce peuple & fi doux, & fi brave,
Souffrit fous les Séjans, qui le rendoient efclave !
Combien dans fes revers, à fon devoir lié,

Il baissa sous le joug un front humilié!

Combien de fois il vit son rustique héritage

Dévoué lâchement aux horreurs du pillage,

Par ces mortels abjects, avides & rusés,

Qui toujours arrogans. & toujours méprisés,

Signalant de leur art les manœuvres perfides,

Triplent au laboureur le fardeau des subsides;

Lui ravissent un pain trempé de ses sueurs,

Ou son triste grabat, asyle de douleurs;

Et laissent, fiers d'avoir consommé sa ruine,

L'homme qui nous nourrit en proie à la famine.

Mais tu fais arrêter ce brigandage affreux,

Et déja de Louis fecondant tous les vœux,

Ta prudente équité, jusqu'au fond des provinces,

Fait adorer les lois du plus juste des Princes.

Le pauvre peut enfin, sans abréger ses jours,

Offrir à la patrie un modeste secours.

Tous ses dons, à l'abri d'une sourde rapine,

Parviendront jusqu'au but où son cœur les destine.

On ne les verra plus perdus ou divisés

Dans les canaux profonds que la fraude a creusés :

On ne les verra plus, vendus à l'injuftice,
D'un impudent Verrès affouvir l'avarice.

Eh quoi ! l'on te prévient. Grace à tes heureux foins,
Paris feul de l'Etat veut remplir les befoins.
Tu parles ; le crédit qu'infpire ta parole,
Auffitôt, devant toi, crée un nouveau Pactole.
Dira-t-on que, jouet de ton art impofteur,
La France imite alors un fils déprédateur,
Qui, pour accélérer quelques fecours précaires,
Achète fa ruine en des mains ufuraires ?
Ce moyen des emprunts, par un fage inventé [3],
N'accable pas du moins la trifte pauvreté ;
Au contraire, il l'épargne ; & toujours équitable,
A l'autorité même il donne un air affable.
Du Trône heureux des Lis, l'abfolu Souverain
Ne fait point envier le malheur d'être craint ;
Et content de l'amour qu'infpire la clémence,
Sur la feule douceur il fonde fa puiffance.

Mais de nos intérêts étendant les rapports,
Du Bafque & de l'Aunis tu viens d'ouvrir les ports.
Le commerce, appelé des deux bouts de la terre [4],

Répare tous les maux qu'accumuloit la guerre.

Saint-Domingue , à ta voix, ferre encor les liens

Qui nous ont réunis aux vaillans Boftoniens.

Les privilèges durs , les abus mercantilles ,

Cefferont de troubler le bonheur des Antilles.

Le Colon peut en paix. jouir de fes travaux ;

Et nous ne craignons plus. que nos jaloux rivaux

Penfent que le François , par une erreur extrême ,

Rend libre un autre peuple , & ne l'eft pas lui-même.

Tous ces mortels actifs , courageux & favans,

Qui bravent & les flots, & la fureur des vents,

Iront aux bords du Gange illuftrer leur adreffe ;

Et parcourant ces lieux où , d'une main traîtreffe ,

Tippo , du fang Anglais arrofe fes fillons [s],

Ils y feront aimer leurs heureux pavillons,

Et viendront nous porter les beaux arts du Bramine

Et les doubles tributs de l'Inde & de la Chine.

Loin de nous déformais , loin ces exclufions

Qui fèment les dégoûts & les divifions.

Tout homme doit chercher , au gré de fon génie,

Les tréfors qu'en naiffant le hafard lui dénie :

Mais ne borne point là les dons que tu nous fais.
Nous attendons de toi de plus rares bienfaits.
Contre un luxe insolent soutiens avec courage
La voix du philosophe & l'exemple du sage.
Frappe ce tyran dur, que le désordre suit,
Et qui livre aux regrets tous les cœurs qu'il séduit.
Tandis que le divorce, & le rapt, & l'inceste,
Insultent, pour lui plaire, à la pudeur modeste,
D'illustres scélérats, de ses faveurs comblés,
S'avancent, à sa voix, en foule rassemblés;
Et fier de son pouvoir sur leurs ames serviles,
Le monstre, avec éclat, vient désoler nos villes.
Son fol orgueil renferme en de vastes palais
Ces essaims dévorans d'esclaves, de valets,
Méprisables fardeaux d'un pays qu'ils affament,
Et qu'en vain à grands cris les champs déserts réclament.
C'est ainsi qu'il exerce, avec férocité,
Le redoutable droit de l'inégalité.
Vingt mille citoyens, qu'à sa chaîne il attache,
Pour les besoins d'un seul occupés sans relâche,
Vivent étroitement d'un travail fastueux.

Mais l'homme, qu'il élève est-il lui-même heureux?

Heureux! Non, ce n'est point le bonheur qu'on achète.

Parmi tous ses tréfors l'infortuné végète.

Ses organes blafés ont perdu leur reffort.

Gluck ne peut l'émouvoir, & Molière l'endort.

S'il prétend du fpectacle, où languit fa molleffe,

Aller d'un cercle gai partager l'alégreffe,

Dans fon char fomptueux il y traîne l'ennui.

L'amour même, l'amour n'a nul attrait pour lui.

Tandis qu'Eglé, Doris, triomphent à fa table,

Et doublent les plaifirs d'un fouper délectable,

Le lourd Trimalcion s'occupe à déplorer

Le malheur très-mondain de ne plus digérer.

Enfin, grace aux accès d'une incurable goutte,

Le *Segur*, le *Tockay*, font des biens qu'il redoute;

Et le cruel *Bouvart*, affis à fon côté,

En les lui défendant les boit à fa fanté.

Mais le luxe envers lui peut-être eft équitable;

C'eft contre l'indigent qu'il fe montre coupable;

C'eft quand de nos devoirs les liens font rompus;

C'eft quand il proftitue à des cœurs corrompus,

Du culte de Vénus les prêtreſſes prophanes,
Ces ñymphes ſans pudeur, ces lâches courtiſanes ;
Qui, vaines dans l'opprobre, & bravant le dédain,
Outragent à-la-fois & l'amour & l'hymen,
Et dont le faſte altier déploie avec ſcandale
De nos grands avilis la dépouille vénale ;
C'eſt quand l'effronté Charle, aux yeux de tout Paris,
Promène en nos Vauxhalls ſes honteux favoris ;
Et fier de les guider dans une infame lice,
Leur donne le précepte & l'exemple du vice ;
Enfin quand nos Saphos, oubliant à leur tour
Et l'honneur de leur ſexe, & les droits de l'amour,
Par d'inſenſés deſirs oſent ſouiller leurs charmes :
C'eſt alors que le luxe éveille nos alarmes.
Quéls crimes, quels excès, quels affreux attentats,
N'accumule-t-il point pour perdre les états !
Mais mon cœur, que ſon nom a rempli d'amertume,
Craint l'effrayant tableau qu'en peut tracer ma plume ;
Et je ne veux point voir dans un triſte avenir,
Des maux que ta ſageſſe a droit de prévenir.
Oui, quand, par politique, il faut que tu l'excites,

Tu dois le contenir dans de juftes limites :
Tel l'écuyer qui dompte un vigoureux courfier,
D'un poignant éperon lui fait fentir l'acier,
Le preffe, le ranime, ou d'une main habile,
Au frein le plus léger rend fa fougue docile.
Calculateur plein d'art & de fagacité,
Sous les dehors rians d'une douce gaîté,
Ton efprit réunit au goût, à l'élégance,
De nos antiques mœurs la modefte innocence.
Eh ! quels touchans objets s'offrent à mes regards!
Tu confoles déja les mufes & les arts.
Le dieu qu'adore Amphryfe, & dont Délos fe vante,
Voit d'une lyre d'or armer fa main favante.
Minerve auprès de toi guide fes nourriffons ;
Tandis qu'applaudiffant à leurs doctes chanfons,
L'amour offre à ton cœur les biens dont il difpofe,
Et veut à ta couronne ajouter une rofe.
Tu fais être à-la-fois, par un contrafte heureux,
Econome prudent, bienfaiteur généreux ;
Et de la même main, qui fauve nos richeffes,
Tu fixes les plaifirs, & répands des largeffes.

Ainſi la Déité qui chérit Trianon,
Réunit tout l'éclat de l'augufte Junon
Aux charmes de Vénus, à l'air doux d'Euphrofine,
Et la candeur décente à la gaîté badine.

Mais, graces aux vertus qui parent ce tableau,
Pardonne fi d'abord mon févère pinceau
T'a crayonné le luxe & les maux qu'il enfante,
Et de fes favoris la foule triomphante,
A ce fléau des mœurs accordant fon appui.
Ne vois-je pas ta main qui s'arme contre lui?
Et quand on peint Hercule & fes faits mémorables,
Faut-il donc d'Augias oublier les étables ?

Des Augias du temps j'ai pu marquer les traits,
Sans avoir le deffein de noircir leurs portraits.
Loin de franchir du vrai les bornes légitimes,
Ma main n'a pas befoin de leur chercher des crimes.
Mais lorfqu'ils ont long-tems, par un funefte abus,
De l'état oppreffé dévoré les tributs,
Quand fouples & cruels, dans leurs marches obliques,
Ils ont dû leur bonheur aux difgraces publiques ;
Quand des larmes du pauvre ils ont cueilli le prix,

Peut-on ne pas frémir d'horreur & de mépris?

Toutefois il en eft, & j'aime à le redire,

Que des pures vertus la voix touchante attire ;

Qui portent un cœur noble & plein d'aménité,

Et qui ne craignent point l'œil de la vérité.

L'un d'eux, fur-tout, parut digne de nos hommages :

Béni par l'indigent, adopté par les fages,

Tandis que fes talens éclairoient l'univers,

Ses tréfors au malheur reftoient toujours ouverts.

Il fut de l'opprimé le foutien & le guide ;

Il fut de la raifon le vengeur intrépide ;

Et fa main des erreurs déchirant le bandeau,

Sut de l'efprit humain tracer le grand tableau.

Fameux par fon génie & par fa bienfaifance,

Ce grand homme vecut au fein de la Finance [6] :

Mais l'avouerai-je, hélas ! à fa place étranger,

Il en connut bientôt la honte & le danger ;

Et fuyant des traitans la vénale induftrie,

Il craignit de fucer le fang de fa patrie.

O vous, qui prétendez aux faveurs de Plutus ;

Sachez vous écarter des fentiers trop battus.

Multipliez

Multipliez vos foins ; que votre efprit s'exerce
A rendre fructueux les rameaux du commerce.
Suivez Haftings 7 , Morris 8 & ce François fameux,
Qui, par d'heureux fecours, fert fon pays comme eux.
En vain depuis long-tems une jaloufe haine,
Dans des libelles noirs contre lui fe déchaîne.
Je ne le connois pas, mais je le défendrai 9 ;
Et c'eft le bien qu'il fait, qu'en mes vers je peindrai.
Qu'un autre aille vanter fon Palais , fa Chartreufe,
Et fes riches boudoirs, ornés des mains de Greufe.
Moi, je prétends louer, en tout tems , en tout lieu,
Les Temples fompteux qu'il élève à fon Dieu ;
Je dirai quelle aumône il donne au miférable.
J'oferai crayonner l'hofpice fecourable,
Où quarante orphelns, élevés pour l'honneur,
A fes dons paternels vont devoir le bonheur ;
Et l'on m'applaudira de bénir l'opulence ,
Lorfqu'elle s'anoblit par tant de bienfaifance.

Sans doute de tels cœurs font facrés pour l'état.
Daigne les diftinguer par un choix délicat :
Mais écarte à jamais loin de l'abeille active,

B

Des avides frélons la troupe deftructive ,
Ou le miel le plus pur en fera dévoré.
  Enfin, d'un Temple immenfe Architecte éclairé,
Veux-tu que les fuccès à tes defirs répondent ?
Il faut, n'en doute pas , des mains qui te fecondent.
Qu'importe qu'avec foin tes plans femblent tracés,
Et que les fondemens foient fagement placés,
Si d'un lâche ouvrier l'ignorance gothique ,
Tronque une colonnade, ou rabaiffe un portique
Dès-lors l'ouvrage entier , indigne de ton art ,
Du fpectateur inftruit bleffera le regard.
Tu ne le fais que trop, cet édifice utile,
Doit être à rebâtir d'autant plus difficile,
Que le tems en rompit la voûte & les lambris;
Qu'il ne te refte plus qu'un monceau de débris,
Et que des Bourvalais les fraudes clandeftines,
D'un voile ténébreux ont couvert fes ruines.
Sully fut, comme toi, prompt à le réparer.
Le tems & le malheur avoient fu l'éclairer;
Et fa main demafquant l'artifice & la brigue,
Alloit faire oublier les fureurs de la ligue:

Mais, dès qu'un monftre affreux , à fes yeux attendris ,

Plongea dans le tombeau le plus grand des Henris,

Dès qu'il fentit ce coup, dont les détails horribles

Coûtent encor des pleurs à tous les cœurs fenfibles ,

Son zèle fut glacé , fes foins furent perdus ,

Et fes vaftes projets reftèrent fufpendus.

Richelieu, moins utile avec plus de puiffance,

Fier d'ébranler l'Europe & d'afferyir la France [10],

En brifant de Sully l'ouvrage commencé,

Diffipa le tréfor qu'il avoit amaffé.

Mazarin, qu'animoit la fourbe & l'injuftice,

Contenta fans pudeur fon infâme avarice :

Il fit le bien par crainte, & le mal par plaifir.

De leurs reftes épars Fouquet vint fe faifir :

Mais aux traits du malheur il fut bientôt en butte ;

Et du puiffant Fouquet l'épouvantable chûte,

Doit apprendre à jamais aux favoris des rois,

A chérir la juftice, à refpecter les lois.]

D'une funèbre nuit Colbert perçant les ombres :

Du temple de Sully raffembla les décombres,

Et fut le relever fur d'autres fondemens.

B ij

Sa main lui prodiguoit les pompeux ornémens,
Quand la lance de Mars en abattit le faîte.
  Des traitans tout-à-coup il devint la conquête,
  Laws à le raffermir prétendit s'essayer :
Mais son art dangereux ne fut point l'étayer ;
Et de ses successeurs le zèle & la prudence,
N'en purent arrêter la prompte décadence.
  Enfin, c'est donc à toi qu'appartient cet honneur.
Des François en tes mains réside le bonheur :
Ils comptent sut toi seul. Ton ardeur magnanime,
Ne démentira pas l'espoir qui les ranime.
  Laisse tes vains rivaux, indignement jaloux,
Exhaler contre toi leur injuste courroux.
Dois-tu craindre aujourd'hui leur rage meurtrière ?
Lorsque l'aigle s'élance au sein de la lumière,
Peut-il être arrêté par les cris menaçans,
Des corbeaux attroupés, dans l'ombre croassans ?
Va, les plaisirs du pauvre, & l'estime du juste,
Et d'un prince adoré la bienfaisance auguste,
Et l'Europe admirant ton génie & tes mœurs,
Te vengeront assez de leurs lâches clameurs.

Que dis-je ? il eſt encor une autre récompenſe,
Que tu fais mériter, que l'honneur te diſpenſe,
Et qui, dans tous les tems, fut l'objet de tes vœux :
C'eſt l'eſpoir d'être un jour loué chez nos neveux ;
Noble & doux ſentiment, qui fait charmer la vie,
Et fait même oublier les fureurs de l'envie !
Mais la tendre amitié t'offre encor pour ſoutien,
Un généreux émule, un cœur digne du tien,
Qui, jaloux d'égaler tes vertus, ton mérite,
Partage avec tranſport le zèle qui t'excite.
Paris vous voit ſouvent écarter les honneurs,
Et l'attrait des plaiſirs encor plus ſuborneurs,
Pour répandre vos dons, dans ce pieux aſyle,
De l'infirme & du pauvre, abri toujours utile.
Vous parcourez auſſi, d'un pas plus courageux,
Ces impures priſons, ces cachots orageux,
Où le coupable abject effrayé du ſupplice,
Attend avec horreur que ſon tourment finiſſe :
Mais où l'on voit ſouvent l'innocent abattu,
Pleurer les vains effets d'une triſte vertu.
C'eſt lui que vous cherchez, vous entendez ſes plaintes ;

B iij

Vous daignez de fon fort adoucir les atteintes.

Oubliant tout-à-coup les maux qu'il a foufferts,

Et vers vous étendant fes bras chargé de fers,

L'infortuné croit voir deux anges tutélaires,

Qui, des cieux defcendus, vont finir fes mifères.

O miniftres de paix! ô mortels bienfaifans!

Un Dieu vous accorda les plus nobles préfens,

L'amour du bien public, la vertu, le génie,

Et le don de braver l'infâme calomnie;

Don qui, même en fecret, fait vous faire eftimer

Des monftres dont l'audace ofe vous blafphémer.

Mais quel touchant exemple & vous guide & vous

preffe!

Un Roi jeune & vaillant, qu'éclaire la fageffe,

Dédaignant la fplendeur de fon rang dangereux,

Met fon plus doux plaifir à faire des heureux!

Vrai fage, c'eft auffi ton avide efpérance.

Tu confacres tes jours au falut de la France;

Et ces jours précieux ne feront point perdus:

La gloire te paîra de tes foins affidus.

Pour moi, dont les revers ont troublé la jeuneffe;

Moi, qu'un deſtin jaloux écartoit du Permeſſe ;
Mais qui de l'Art des vers conſtant adorateur,
Suis ſans ceſſe entraîné par ſon charme flatteur,
De l'aimable vertu j'éprouve auſſi l'empire.
Quand j'oſe te louer, c'eſt elle qui m'inſpire :
Heureux, ſi cet écrit, que ſa voix a dicté,
Parvient, grace à ton nom, à l'immortalité !

NOTES.

1. *L'hémisphère nouveau créé pour son génie.*

Si jamais on a pu dire qu'un monde avoit été créé pour un homme, c'est sans doute dans cette occasion. Quand on examine l'histoire de Cristophe Colomb, & qu'on réfléchit sur les obstacles multipliés que ce grand homme eut à combattre pour faire adopter son projet, & le conduire jusqu'à une entière exécution, l'ame est frappée d'admiration ; ministres, courtisans, théologiens, géographes, marins, tout étoit contre lui : & sans la noble ambition d'Isabelle de Castille, qui, jalouse des succès de la navigation portugaise, voulut les égaler, & protégea Colomb, cet illustre Génois auroit vu périr avec lui ses idées, qu'on regardoit comme folles ; & l'Amérique ne seroit peut-être pas encore découverte. Mais aussi que de malheurs n'auroit-il pas évité aux peuples du Nouveau-Monde, & quels revers ne se seroit-il pas épargnés à lui-même ! lui qui, pour prix de son génie & de ses services, se vit charger de

chaînes & renfermer dans un cachot ; & qui,
malgré l'apparence de justice qu'on lui rendit depuis, finit ses jours dans l'amertume & les regrets.

2. *Où l'ardent Flibustier, dévastateur des mers.*

Les Flibustiers sont les brigands les plus éton-
nans dont les annales du monde fassent mention.
Rassemblés & divisés tour-à-tour par le besoin &
la cupidité, ils ont tenté & exécuté des actions
incroyables, & bien au dessus de celles des Cortès
& des Pizarro ; parce que ceux-ci n'avoient à
vaincre que des pauvres Indiens ignorans, qui
regardoient leurs conquérans comme des dieux
armés du tonnerre, & que les Flibustiers atta-
quoient avec des forces bien inférieures ces mêmes
conquérans. De la petite île de la Tortue, les Flibustiers ont long-temps fait trembler toute l'Amérique Espagnole : tantôt trois ou quatre d'entre
eux s'emparoient, avec un foible canot, d'un
vaisseau de guerre Castillan ; tantôt une trentaine
de ces hommes intrépides, assiégeoit & pilloit
des villes puissantes. Un assez petit nombre de
Flibustiers ayant doublé le Cap de Horn avec une
chaloupe, & étant entré dans la mer du Sud

pour fondre fur le Pérou , tandis qu'une autre
troupe attaquoit la côte du Méxique , ils exé-
cutèrent ce grand projet, qu'a depuis infructueu-
fement effayé la marine Angloife , & auquel on
doit le célèbre voyage de l'amiral Anfon. Enfin
c'eft d'eux que la France tient la belle colonie
de Saint-Domingue , où les fuccefseurs des tur-
bulens Flibuftiers font devenus des citoyens riches
& tranquilles.

3. *Ce moyen des emprunts, par un fage inventé.*

Il eft inutile & impoffible de répéter ici ce
qu'on a écrit pour & contre les emprunts. Nous
renvoyons le lecteur au chapitre que contient fur
cette matière le livre d'un des plus grands pen-
feurs de ce fiècle : chapitre dont ce vers & les
trois fuivans font un fidèle réfumé.

4. *Le commerce appelé des deux bouts de la terre.*

Les encouragemens donnés aujourd'hui en
France à toutes les branches du commerce , font
bien plus forts que ceux qu'il a jamais reçus ,
même du temps de Colbert, qui cependant, pour
mieux le favorifer , négligeoit un peu l'agricul-

ture, le premier & le plus utile des arts, comme l'a appelée l'éloquent Fénelon. Il eſt ſur-tout heureux pour nous, qu'en ajoutant de nouvelles vues à celles de Colbert, un grand homme réuniſſe les talens du Miniſtre de Louis XIV, & de celui de Henri IV.

5. Tippo du ſang Anglois arroſe ſes fillons.

Tippo-Saïb eſt le féroce & redoutable fils du fameux Hyder Ali-Kan. Avant la mort de ce dernier, le fils impatient avoit conſpiré pour ſe mettre à ſa place : mais Hyder, qui le redoutoit & pourtant l'aimoit, finit par lui pardonner. Maître aujourd'hui d'une des plus belles parties de l'Inde, le Tanjaour & le Mayſſout, Tippo-Saïb marche ſur les anciennes traces de ſon père, s'occupe à déſoler les Anglois ; & le maſſacre du général Mathews & de ſes troupes, que ce prince a exécuté de ſang-froid, après une capitulation qu'il auroit dû reſpecter, vient de montrer en lui un des plus ſanguinaires deſpotes qui ait jamais fait gémir ces riches & malheureuſes contrées.

6. *Ce grand homme vécut au sein de la Finance.*

L'hommage que l'on rend ici à la mémoire d'un homme vraiment fage, n'eft dicté que par l'amour de la vérité. Admirateur des talens de feu M. H. & plus encore de fes vertus, fans adopter tous fes principes, on a cru devoir lui confacrer un éloge mérité; & d'autant plus à propos, que, par amour pour les lettres & pour la philofophie, il avoit réellement facrifié deux cents mille livres de rente.

7. *Suivez Haftings.*

M. Haftings, l'ancien gouverneur Anglois du Bengale, eft, de l'aveu même de fes ennemis, un des plus grands hommes que, depuis Albuquerke, l'Europe ait montré à l'Inde. Plus fage que Dupleix, auffi actif que la Bourdonnaye, & bien moins avide que le lord Clive, M. Haftings a foutenu la puiffance Angloife de la manière la plus impofante. Objet en ce moment des recherches & des débats parlementaires, & en butte à l'éloquence de l'impétueux Fox & du conféquent Burke, il n'en conferve pas moins fa grande réputation, & l'eftime de ceux qui le tracaffent.

B. . . . . *Morris.*

M. Robert Morris eſt négociant à Philadelphie, &
chef des finances des Etats-Unis de l'Amérique.
Ce brave homme, à qui on attribue une fortune
d'environ deux millions ſterlings, bien légitimement
acquis par ſon commerce, n'en eſt pas moins vêtu
comme le plus ſimple des Quakers. Né à Liver-
pool en Angleterre, & bâtard d'un marchand qui
avoit paſſé dans le Maryland, & qui s'étoit établi
à Bushtown, Robert Morris s'embarqua pour aller
joindre ſon père à l'âge de treize ans ; mais ſon
père ayant été invité à dîner à bord du navire
qui portoit le fils, & s'en retournant après dîner
dans la chaloupe, ſe noya, parce que cette même
chaloupe fut coulée à fond par un ſalut de l'ar-
tillerie que lui fit faire le capitaine, & dont par
mégarde un canon ſe trouva chargé. Robert Morris, demeuré dénué de tout ſecours, entra au
ſervice d'un marchand nommé Willing, dont le
fils eſt aujourd'hui l'un de ſes aſſociés ; ce négociant lui fit faire les voyages de la Jamaïque, &
au bout de ſept ou huit ans, lui donna un intérêt
dans un petit navire. C'eſt enfin de ce point là
qu'eſt parti Morris pour acquérir ſon immenſe for-

tune ; & c'eſt avec cette fortune qu'il a ſoutenu, en zélé patriote & en véritable homme d'état, le crédit du congrès pendant la dernière guerre.

9. *Je ne le connois pas, mais je le défendrai.*

L'auteur ne connoît ni ne connoîtra vraiſemblablement jamais la perſonne dont il parle ; mais il a cru devoir faire l'éloge des établiſſemens patriotiques que cette perſonne a fondés , & qui lui mériteront ſûrement la reconnoiſſance de la poſtérité. Les lecteurs équitables verront aſſez qu'ici comme ailleurs , l'auteur n'écrit que ce qu'il penſe , & toujours *ſine irâ & ſtudio.*

10. *Fier d'ébranler l'Europe & d'ébranler la France.*

C'étoit effectivement le caractère du Cardinal de Richelieu : ſon génie ardent ne ſouffroit point de contradiction , & ne pardonnoit jamais d'offenſe. On a tâché de le deſſiner , ainſi que Mazarin , ſans oublier que M. de Voltaire les a peints tous les deux en vers ſublimes ; mais les portraits de ces deux Miniſtres qu'on voit dans la Henriade ſont en pied & de face, & l'on n'a mis ici que leurs légers profils.

FIN.